MARIE STUART

EN ÉCOSSE,

OU LE CHATEAU DE DOUGLAS,

Drame Lyrique

EN TROIS ACTES ET EN PROSE,

PAROLES DE MM.***;

MUSIQUE DE M. FÉTIS,

REPRÉSENTÉ POUR LA PREMIÈRE FOIS SUR LE THÉATRE ROYAL
DE L'OPÉRA-COMIQUE, LE 30 AOUT 1823.

PRIX : 2 FRANCS.

PARIS,

CHEZ LELIÈVRE, LIBRAIRE,

BOULEVARD DES ITALIENS, N. 17.

1823.

PERSONNAGES.   ACTEURS.

MARIE STUART, reine d'Ecosse. Mᵐᵉ LEMONNIER.

CLARY, jeune fille attachée à la reine. Mᵐᵉ RIGAUT.

LADY FLÉMING, dame de compagnie de la reine............. Mˡˡᵉ THIBAUT.

LORD DOUGLAS, vieux guerrier. M. DARANCOURT.

LADY DOUGLAS, sa femme..... Mᵐᵉ BELMONT.

LORD MELVILLE, neveu de Douglas .... M. HUET.

ROLAND, officier de la reine........ M. LEMONNIER.

RANDAL, intendant - concierge du château de Douglas............ M. VIZINTINI.

Hommes d'armes.

Domestiques.

Paysans et Paysannes.

————

La scène se passe en Ecosse au château de Douglas, situé dans une île formée par un lac à peu de distance d'Edimbourg.

IMPRIMERIE DE HOCQUET.

MARIE STUART EN ÉCOSSE,

DRAME LYRIQUE.

ACTE PREMIER.

Le théâtre représente une grande salle, dépendante de l'appartement de la reine. Deux grands portraits de la famille des Douglas sont fixés dans les lambris des deux seconds plans à droite et à gauche. L'entrée de la chambre de la reine est à la dernière coulisse à gauche. A droite et en face, autre entrée qui communique au reste du château. Dans le fond une grande porte vitrée qui donne sur un balcon et qui laisse voir les eaux du lac, baignant les murs du château, et dans le lointain, sur les rochers de l'autre rive, le petit village de Kinross.

SCENE PREMIÈRE.

ROLAND, *seul, arrivant par la droite.*

Que je suis malheureux! que je suis en colère contre moi-même! que de contradictions dans le cœur de l'homme! je désirais ardemment de m'échapper de ce château: Hier, enfin, par une ruse singulière, j'abuse le concierge, et trouve le moyen de m'ouvrir la grande porte!... Un regard, un seul regard de la cruelle en me quittant hier au soir a su me retenir! mais c'en est fait! cette nuit j'aurai plus de force: je sortirai d'ici mystérieusement, et traverserai le lac à la nage.

AIR.

(Vivement.)

Je veux de l'esclavage
M'affranchir en ce jour,
Et fuir de ce rivage
Pour vaincre mon amour.
Dans les camps , les alarmes,
Compagnon des guerriers ,
Allons chercher des armes
Et cueillir des lauriers.
Le regard d'une femme
Seul doit-il me charmer ?
D'une plus noble flamme
Mon cœur doit s'animer.

(Plus vivement.)

Ah ! fuyons, fuyons la cruelle!
Et cherchons le bonheur loin d'elle.

(Tendrement.)

Le bonheur ?.. ô ma Clary !
Le bonheur ! il est ici !
Dans cette solitude ,
T'adorer, te servir,
Etait ma seule étude
Et mon premier plaisir.
O ma tant douce amie,
Ton cœur est fait pour moi,
Le charme de ma vie
Est de n'aimer que toi.

(Vivement.)

Oh! ciel, oh ! ciel, quelle faiblesse!
Je veux étouffer ma tendresse.
J'en dois rougir,
C'est trop souffrir;
Je veux de l'esclavage
M'affranchir en ce jour,
Et fuir de ce rivage
Pour vaincre mon amour.

SCENE II.

ROLAND, RANDAL, *arrivant par la droite, il porte un carton fermé.*

ROLAND.

Vous voilà de retour, monsieur Randal ?

RANDAL, *tristement.*

Oui, j'arrive de Kinross.

ROLAND.

Vous avez eu beau tems pour traverser le lac.

RANDAL.

Oui, et je n'y ai pas fait le plongeon comme hier, grâce à vous, dans la grande pièce d'eau du parc. Maudite partie de pêche !

ROLAND.

M'allez-vous encore faire des reproches ?

RANDAL.

Ne faut-il pas vous remercier de m'avoir poussé si maladroitement ?

ROLAND,

Ne me suis-je pas jeté après vous ? et ne vous ai-je point retiré de l'eau en accrochant votre veste ?

RANDAL.

J'ignore assez comment vous vous y êtes pris, mais ma poche s'est trouvée sens-dessus-dessous, et j'ai perdu cette peste de clef.

ROLAND.

J'ai plongé trois fois pour la retrouver; mais il y a dans cet endroit dix pieds de vase.

RANDAL.

Mon noble seigneur, mon doux maître, lord Douglas, me fera pendre comme son bisayeul a fait pendre le mien.

ROLAND.

Eh ! qui pourra découvrir la perte que vous avez faite ? moi seul je pourrais vous trahir, et je vous jure le secret.

RANDAL.

Dans quel embarras j'étais hier au soir pour remplir mes fonctions et fermer la grande porte du château !... heureusement je connaissais un vieux tiroir dans le cabinet de lady Douglas, où il existait une double clef dont je me suis furtivement emparé ; je l'ai limée, dérouillée et rendue semblable à celle qui m'était confiée.

ROLAND.

Eh bien ! plus de craintes ; ce n'est pas vous qui aurez perdu votre clef ; c'est lady Douglas.

RANDAL.

Ce qui me tranquilise un peu, c'est que lord Douglas demeure à Edimbourg, auprès du régent, et ne vient guère inspecter son château.

ROLAND.

Il est membre du conseil secret, et on le dit fort en faveur.

RANDAL.

En faveur ? je le crois bien ! Son château a été choisi pour y garder Marie-Stuart. Au reste, on ne pouvait mieux faire que de la placer dans une île qui n'a qu'un seul petit port très-étroit ; et je défie bien cette syrène moabite de tromper ma vigilance.

ROLAND.

Oui, c'est une terrible prison que celle dont vous êtes le concierge !

RANDAL.

Une prison ? oser ainsi qualifier le château de Douglas !

ROLAND.

Appelez ce séjour comme il vous plaira, mais je ne m'y amuse pas.

RANDAL.

Je ne puis vous comprendre. Orphelin, noble, à la vérité, comme l'épée de vos ancêtres, mais ne possédant pas une tourelle, on vous recommande au Régent ; il vous place ici en qualité de premier et unique officier de Marie-Stuart, et vous n'êtes pas content de commencer votre carrière avec une telle protection !

ROLAND.

Non ; la méfiance de la Reine m'est insupportable ; elle ne voit en moi que l'envoyé de son ennemi.

RANDAL.

Voyez le grand malheur !

ROLAND.

Et mis Clary, sa compagne, est avec moi d'une réserve !...

RANDAL.

Ah ! nous y voilà ! je comprends le sujet de votre humeur. Eh bien ! moi, je suis au mieux avec mis Clary ; elle n'a jamais que des choses gracieuses à me dire ; elle me trouve aimable, divertissant... Eh ! tenez, la voilà.

SCÈNE III.

Les Mêmes, CLARY, *sortant de chez la Reine.*

CLARY.

Bon jour, mon cher monsieur Randal !

RANDAL.

Mille grâces, mis Clary !

CLARY, *à Roland.*

Monsieur Roland n'est pas venu ce matin prendre les ordres de la Reine ; sa Majesté m'en a paru surprise.

ROLAND, *avec dépit.*

La Reine me rendrait plus de justice, si l'on ne s'étudiait à exciter ses méfiances.

CLARY.

Ah ! Monsieur boude ? c'est de bon matin. Bon Dieu ! comme je suis entourée ! l'humeur de monsieur Roland, les vapeurs de ma compagne, Lady Fléming, la figure sérieuse de notre chère hôtesse, Lady Douglas !... Oh ! si la société charmante de monsieur Randal ne venait m'égayer de temps en temps, je périrais ici de consomption.

RANDAL.

Oui, j'ai beaucoup de jovialité.

ROLAND.

On peut conserver sa gaîté quand on est peu sensible aux peines des autres... Mais je vais où mon devoir m'appèle, et ne veux pas troubler plus long-temps un aussi charmant tête - à - tête. (*Il sort.*)

SCENE VI.

CLARY, RANDAL.

CLARY.

Toujours une petite épigramme! Oh! ça, seigneur Randal, vous arrivez de Kinross? et mes commissions?

RANDAL.

Voilà un carton rempli de rubans, de plumes, de chiffons. Voulez-vous l'ouvrir tout de suite?

CLARY, *vivement.*

Oh! non, non... je veux être seule pour examiner à loisir.

RANDAL.

Oh! tout est charmant, je puis vous l'affirmer; car j'en ai fait le plus scrupuleux inventaire; j'ai visité jusqu'aux cent feuilles d'une grande rose.

CLARY, *à part.*

Oh ciel! (*Haut.*) que de précautions, monsieur Randal!

RANDAL.

Ecoutez donc! votre marchande est Française, et, dans son pays, on aime fort Marie-Stuart; un billet contre la sureté de l'Etat est bientôt glissé.

CLARY, *avec curiosité.*

Vos soupçons ont dû la mettre en colère?

RANDAL.

Oh! en fureur! Mais, c'est une drôle de tête; un moment après, elle m'a cajolé, m'a servi des liqueurs de France, s'est mise à rire de ma toilette; et saisissant mon bonnet de peau de renard, elle a joué avec, l'a chiffonné et retourné dans tous les sens ; et me l'a remis sur la tête après lui avoir donné, dit-elle, un tour beaucoup plus galant.

CLARY, *à part.*

Je devine, je crois.

RANDAL.

Ah ça ! je veux, ce soir, danser avec vous.

CLARY.

Danser ici, bon Dieu !

RANDAL.

Oui, oui ; c'est un antique usage, à pareil jour, dans le château ; je vous dirai tout cela ; soyez tranquille, nous nous divertirons.

CLARY *sautant, et feignant une grande joie.*

Ah ! quel plaisir ! quelle heureuse nouvelle !

RANDAL.

Bon ! bon ! mais je suis votre chevalier.

CLARY.

Assurément ; et je veux que vous portiez mes couleurs. (*Elle ouvre le carton.*)

RANDAL.

Oh ! la bonne idée ! ça va faire enrager monsieur Roland.

CLARY.

Tenez, voici un nœud de ruban rose que je vais attacher à votre bonnet.

RANDAL, *voulant ôter son bonnet.*

Parbleu, voilà un bonnet qui aura passé aujourd'hui par de bien jolies mains !

CLARY, *arrêtant la main de Randal.*

Non, non, laissez-le sur votre tête. A genoux, s'il vous plaît ; c'est ainsi qu'un chevalier reçoit un don de sa dame.

RANDAL, *à genoux.*

Elle est gentille à croquer ! M'y voilà.

CLARY, *attachant le nœud, et saisissant un billet caché dans les plis du bonnet.*

C'est fini.

RANDAL.

Suis-je à votre gré comme cela ?

CLARY.

Oh! charmant, depuis un instant.

RANDAL, *se levant.*

Grand merci! je vais me regarder à mon petit miroir.

(*On entend une cloche un peu loin.*)

Ah! on sonne à la grande porte; quelqu'un a débarqué.
A ce soir.

CLARY

Sans adieu.

SCÈNE V.

CLARY *seule, déroulant un papier très-fin.*

Ce sont des chiffres; je ne sais pas les lire aussi bien
que la Reine. Mais, cependant, je connais quelques
mots. (*Elle lit.*) *Reine malheureuse... des soldats
fidèles... votre délivrance...!* Oh! mon Dieu!...

AIR :

De mon zèle et de ma tendresse,
Hélas! j'obtiens enfin le prix!
A ma noble et chère maîtresse
Je retrouve encor des amis.
 De l'autre rive
 Il nous arrive
 Espoir léger!
 Dieu que j'implore,
 Oh! daigne encore
 Nous protéger!
Malgré l'affreuse destinée,
Hélas! dont tu subis la loi,
Il est, ô reine infortunée,
Des cœurs qui te gardent leur foi!
 De l'autre rive
 Il nous arrive
 Espoir léger!
 Dieu que j'implore,
 O daigne encore
 Nous protéger!

Oh ciel! c'est lord Douglas! quelle nouvelle apporte-
t-il?   *Elle cache la lettre dans son sein.*

SCENE VI.

CLARY, LORD DOUGLAS, LORD MELVILLE,
LADY DOUGLAS, *arrivant par l'entrée principale, à droite.*

LADY DOUGLAS, *à Clary qui veut sortir.*

Un moment, miss Clary. (*à Douglas.*) Milord, votre
refus m'étonne et m'afflige. Quoi! vous ne voulez, point
passer la soirée dans votre château?

DOUGLAS, *toujours d'un ton brusque.*

Non, ma chère et digne lady.

LADY DOUGLAS.

Mylord a-t-il donc oublié que je m'appelle Marie, et
qu'à pareil jour nous recevons au château tous nos vassaux habitans de l'île, pour célébrer ma fête?

MELVILLE, *à part.*

Marie!... Helas! quelle fête pour la reine!

DOUGLAS.

Oh! par Saint-Georges, c'est bien pour chanter et danser que je suis membre du conseil secret! Depêchons, le
Régent attend notre retour; et dans son palais on ne
songe guère au bal. Allons, conduisez-nous vers Marie-
Stuart.

LADY DOUGLAS, *à Clary.*

Lady Marie fait elle aujourd'hui sa promenade accou-
tumée?

CLARY, *insistant sur les mots en italique.*

Non, Milady : *la Reine* est dans son appartement.

LADY DOUGLAS, *de même.*

Dites à *lady Marie* que lord Douglas et mon neveu,
lord Melville, demandent à l'entretenir.

CLARY *de même.*

Je vais dire à *la Reine* ce que vous souhaitez.

LADY DOUGLAS, *de même.*

Lady Marie recevra sans doute ces nobles lords dans
cette salle?

CLARY.

La Reine me donnera ses ordres.

DOUGLAS, *s'emportant.*

Lady Marie! la Reine.... où est-elle enfin, finirez-vous!

CLARY.

Voici sa majesté.

LADY DOUGLAS, *sortant.*

Milord, j'espère vous revoir.

SCENE VII.

LA REINE, LORD DOUGLAS, MELVILLE, CLARY, ROLAND, LADY FLÉMING.

CLARY, *à la Reine.*

Votre majesté veut elle permettre que ces deux nobles lords remplissent un message auprès d'elle?

LA REINE.

Soyez les bien venus, mylords. (*Elle répond au profond salut de Melville avec bienveillance, et par une révérence pleine de majesté au salut gauche et brusque de Douglas.*) Me voilà prête à vous entendre.

DOUGLAS.

Avons-nous ce qu'il faut pour écrire?

LA REINE, *à Roland, avec ironie.*

Roland, Vous qui constituez à vous seul tous les officiers de notre cour, depuis notre grand chambellan jusqu'au dernier de nos huissiers; veuillez préparer ce qui nous est nécessaire. Vous ne trouverez pas, mylords, un grand luxe dans la salle de nos séances, mais le grand maître du garde-meuble de notre couronne est devenu fort économe.

DOUGLAS, *bas à Melville.*

Connaissez-vous une femme plus hautaine et plus railleuse?

MELVILLE, *bas à Douglas.*

Je n'en connais pas de plus infortunée. Faisons notre devoir, mylord, mais avec humanité.

LA REINE.

Lord Douglas trouve peut-être ma garde trop nombreuse pour qu'elle puisse assister à notre entrevue?

DOUGLAS.

Madame, notre message exige de la discrétion.

LA REINE, *à Roland et à ses deux femmes.*

Eloignez-vous, mes amis.

Ils passent chez la reine.

SCENE VIII.

LA REINE, DOUGLAS, MELVILLE.

LA REINE.

Avec votre permission, Mylords, Je m'assiérai (*Elle s'assied près de la table que Roland a préparée, et appuie sa tête sur une de ses mains. Moment de silence.*)
Je vous attends.

DOUGLAS.

Je dirai donc à votre grâce....

MELVILLE, *bas à Douglas.*

A votre majesté.

DOUGLAS.

Non.'(*à la Reine.*) Je dirai à votre grâce que nous venons la trouver de la part du conseil secret, pour une proposition qui intéresse le salut de l'état.

LA REINE, *feignant la surprise.*

De la part du conseil secret? Quelle est donc cette autorité, et de qui tient-elle ses pouvoirs?... Mais n'importe; rien de ce qui intéresse la prospérité de l'Ecosse ne peut être indifférent à Marie-Stuart. Parlez, que me demande ce que vous appelez le conseil secret?

DOUGLAS, *un papier à la main.*

Voici, Madame, l'acte qu'il nous a chargés de vous faire signer.

LA REINE.

Voulez-vous bien m'en donner lecture?

DOUGLAS, *lisant.*

« Nous Marie d'Ecosse, ne nous sentant plus les for-
» ces suffisantes et l'esprit assez libre pour continuer de
» donner nos soins aux affaires de l'Etat, et la bonté di-
» vine nous ayant accordé un frère, Jacques, comte de
» Murray, avons résolu de nous démettre et nous démet-

» tons par ces présentes, en faveur de ce cher frère, de tous nos droits à la couronne. »

LA REINE, *affectant la plus grande surprise.*

Dois-je croire, mylord, ce que je viens d'entendre ? ou dois-je accuser mon oreille d'infidélité ? Dites-moi que tout ceci n'est qu'un songe ; dites-le moi pour votre honneur et pour celui de la noblesse écossaise. Assurez-moi que mes féaux et fidèles cousins, les lords Douglas et Melville, ne sont pas venus voir leur souveraine dans sa prison pour insulter à son malheur.

DOUGLAS.

Madame, le pays ne peut plus être gouverné par vous.

LA REINE, *se levant.*

Et il sera mieux gouverné, sans doute, par un frère qui, en retenant ici prisonnière sa sœur et sa reine, viole à la fois les droits les plus saints de la nature et de la société !

MELVILLE.

Ah ! Madame ! ah ! mylord ! n'aigrissons point de part et d'autre, par un retour inutile sur le passé, une conférence déjà si pénible. C'est au nom de votre intérêt, madame, et pour échapper aux dangers de votre position, que nous supplions votre majesté de consentir à ce sacrifice.

LA REINE.

Et vous aussi, Melville ?... vous pouvez me donner un semblable conseil !

DOUGLAS.

Croyez-moi, madame, mettez vos jours en sûreté.

LA REINE.

Mes jours !.. Quoi, si je refuse... vous ne répondez pas ?.. Melville, vous pâlissez ?

DOUGLAS.

Madame, votre réponse à la demande du Conseil ?

LA REINE.

Dites plutôt à la demande de quelques rebelles impatiens de se partager les dépouilles du Royaume. Marie Stuart n'a qu'une réponse à faire.

AIR.

Sceptre des rois, noble couronne,
Honte à moi si je vous cédais ;
Je puis, hélas, tomber du trône,
Mais je n'en descendrai jamais.
Je suis votre souveraine,
Vous pouvez me faire périr,
Mais si j'ai su vivre en reine,
En reine je saurai mourir.
Peuple écossais, j'ai peu fait pour ta gloire,
Mais ton bonheur fut l'objet de mes soins.
Tu me plaindras ! j'espère que du moins
Les malheureux garderont ma mémoire.

(*Attendrie.*)

A leur pitié, Marie a quelques droits.

(*Avec force à Douglas.*)

Pour vous de qui l'audace ose juger vos rois :
Je suis votre souveraine,
Vous pouvez me faire périr,
Mais si j'ai su vivre en reine,
En reine je saurai mourir.

Ensemble.

LA REINE.
Je suis votre souveraine, etc.
MELVILLE.
Ah ! trop malheureuse reine ;
Par mes pleurs laissez-vous fléchir.
DOUGLAS.
Ah ! quelle audace hautaine.
Partons, rien ne peut la fléchir.

MELVILLE, *s'approchant de la chambre de la reine.*

Compagnons de Marie
Venez à mon secours.
Je veux sauver ses jours...

ROLAND, *entrant, la main sur son épée.*

Qui menace sa vie ?

LA REINE, *à ses deux femmes qui accourent.*

Compagnes de Marie
Je connais votre cœur ;
Au dépends de l'honneur
Doit-on sauver sa vie ?

DOUGLAS.
Partons, partons.

MERVILLE.
Arrêtez, arrêtez.

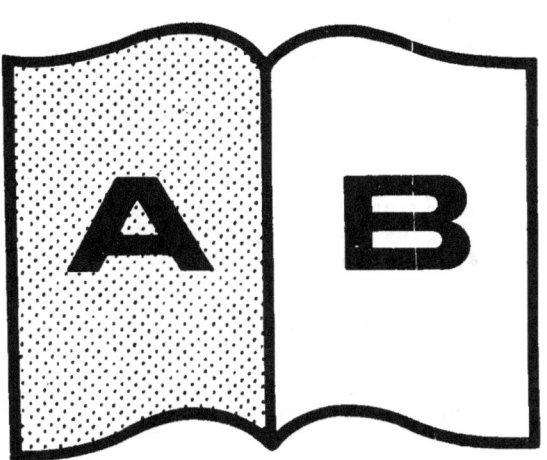

Contraste insuffisant

NF Z 43-120-14

DOUGLAS.

Qu'elle renonce à la couronne.

ROLAND, CLARY, LADY FLÉMING.

Ciel, on veut la priver du trône !

DOUGLAS.

Qu'elle signe, ou partons.

LA REINE, *avec force.*

Partez.

Ensemble général.

LA REINE.

Je suis votre souveraine,
Vous pouvez me faire périr,
Mais si j'ai su vivre en reine,
En reine je saurai mourir.

MELVILLE.

Ah ! trop malheureuse reine,
Par mes pleurs laissez-vous fléchir !
Je sais leur affreuse haine ;
Hélas ! il vous feront périr!

DOUGLAS.

Ah ! quelle audace hautaine !
Partons, rien ne peut la fléchir.
Oui, vers une mort certaine,
Malgré nous elle veut courir.

LADY FLÉMING.

Oh ! ciel, je respire à peine,
Je me sens prête à défaillir ;
Qu'exige-t-on de la reine?
Ici nous faudra-t-il mourir?

CLARY et ROLAND.

Et voilà la souveraine
Que ses sujets ont pu trahir !
Si vous ne l'aviez pour reine,
Ingrats, il faudrait la choisir.

La Reine, *Clary et lady Fléming rentrent chez la Reine,
Douglas, Melville et Roland sortent du côté opposé.)*

FIN DU PREMIER ACTE.

ACTE DEUXIÈME.

Même décoration qu'au premier acte.

SCENE PREMIERE.

LADY FLEMING.

Qu'allons-nous devenir ! D'après le refus de la reine , on va nous persécuter, nous tourmenter plus que jamais. La colère de Douglas me fait frémir ! (*voyant Clary.*) Eh bien ?

SCENE II.

LADY FLEMING, CLARY.

CLARY.

Elle est calme et tranquille ; la force de son caractère a triomphé de son émotion. Elle vient de parcourir ce porte-feuille qu'elle apporta de France; elle redit à voix basse la romance qu'elle a composée sur ce pays si cher à sa mémoire. Vous savez combien la lecture et la musique charment quelquefois ses peines. La voici.

SCENE III.

Les Mêmes , LA REINE , *arrivant lentement , les yeux sur un papier qu'elle tient.*

LA REINE.

ROMANCE.

REFRAIN.

Des plaisirs , des arts , de l'amour,
De l'honneur et de la vaillance
J'ai connu le charmant séjour,
J'ai vu le beau pays de France

Marie Stuart.   2

Premier Couplet.

Des Paladins j'ai connu la patrie,
Noble Roland tout y parle de toi;
On m'a redit ton amour pour ta mie,
On m'a redit ton amour pour ton roi.

(*Toutes trois reprennent.*)

Des plaisirs, des arts de l'amour, etc.

Deuxième Couplet.

D'Agnès la belle on m'a dit le courage;
Charle en ses bras est près de s'oublier;
Pars, lui dit-elle : et ce noble langage,
D'un jeune roi fit un preux chevalier.

(*Toutes trois.*)

Des plaisirs, des arts, de l'amour, etc.

SCENE IV.

Les Mêmes, ROLAND, *par l'entrée principale.*

ROLAND.

Lord Melville demande un instant d'entretien à votre
Majesté.

LA REINE, *vivement.*

Melville!.. Que me veut-il encore?

CLARY,

Refusez de l'entendre, madame. N'avez vous pas assez
souffert? Il vient encore tourmenter votre courage.

LADY FLÉMING, *à Clary.*

Quel conseil donnez-vous à la Reine?..Ah! madame,
je vous en supplie, consentez à cette nouvelle entrevue.
Melville est sensible, il plaint nos peines, peut-être il
vient les soulager.

ROLAND.

Il demande cet entretien comme une grâce.

LA REINE, *après avoir réfléchi.*

Qu'il vienne. (*à ses femmes.*) Laissez-nous.

*Clary et Fléming entrent chez la Reine, Roland va
avertir Melville.*

SCENE V.

LA REINE, *seule.*

L'ambition aurait-elle étouffé tous les nobles sentimens que je lui ai connus?..... non, j'ai vu des pleurs
s'échapper de ses yeux... Mais craignons de faire une
imprudence, et tâchons de lire dans son âme.

SCENE VI.

LA REINE, MELVILLE, ROLAND.

ROLAND, *annonçant.*

Lord Melville.

LA REINE.

Il suffit.   (*Roland sort.*)

LA REINE, *à Melville.*

Que me voulez-vous, mylord?

MELVILLE.

Tenter un dernier effort pour vous sauver, madame.

LA REINE.

Encore ?.. je me suis expliquée. Je suis reine ; j'ai le
courage que ce titre demande, et rien ne me fera trem-
bler.

MELVILLE.

Hélas ! daignez m'entendre, nous n'avons qu'un instant. J'ai contenu l'impatience de lord Douglas, mais il
m'attend sur la rive. Qu'allons-nous rapporter au Conseil? Votre refus formel à ce qu'il vous propose... Ah! madame ! quelque nobles que soient vos motifs, j'oserai vous
dire tous les malheurs que votre résolution me fait prévoir;
j'oserai vous implorer pour vous même. Le désordre qui
règne dans ce malheureux royaume est à son comble ;
la fureur des partis ne peut plus se comprimer ; le régent lui-même est maîtrisé par la puissance de vos en-
nemis. Le temps seul peut calmer les orages : vous
voulez leur résister, ils vous entraîneront ! A votre ré-

ponse j'entends déjà les blasphêmes, les cris des chefs de
la révolte. Que n'oseront-ils pas entreprendre ! votre
prison même ne sera plus un asile pour votre personne
sacrée ! Ah ! madame ! écoutez un sujet fidèle qui tombe
à vos pieds pour vous prier de conserver des jours si pré-
cieux à votre peuple.

LA REINE, *l'observant avec soin.*

Vous, sujet fidèle, mylord ?

MELVILLE.

'Dès mon jeune âge, ce cœur et ce bras furent à mes
Rois.

LA REINE.

Les temps sont bien changés.

MELVILLE.

Daignez ne voir en moi qu'un soldat de la Reine.

LA REINE, *avec sensibilité.*

Plût au ciel ! je retrouverais alors un ami d'autrefois.

MELVILLE.

Ah ! que ne pouviez-vous lire ce matin dans le fond
de mon âme ! Le son de votre voix, votre noble regard
ont réveillé des souvenirs qui m'ont arraché des larmes ;
et, loin de vous proposer de renoncer au trône, j'étais
près de demander les ordres de ma Souveraine.

LA REINE, *lui tendant la main.*

Je vous crois, Milord !

MELVILLE, *très vivement.*

Ah ! Madame, s'il ne fallait que ma vie !...

LA REINE.

Plus de faiblesse, plus de souvenirs pénibles. Ma confiance toute entière vous est rendue; vous en serez digne;
écoutez-moi: Apprenez mon espoir, apprenez qu'il est encore des amis généreux pour une Reine dans l'infortune.

MELVILLE.

Qu'entends-je? qu'allez-vous m'annoncer ? Vous
parlez d'espérance ?

LA REINE, *s'approchant de la porte du balcon
qui est ouverte.*

Soyez l'arbitre de mon sort. A deux mille d'ici, sur
la côte opposée, vous distinguez quelques cabanes de

pêcheurs; c'est là, Melville, qu'habitent mes conso-
lateurs; et, par un heureux stratagème, ils m'ont fait,
ce matin, parvenir ce billet. Ecoutez : » Reine malheu-
« reuse, trente soldats fidèles, déguisés en pêcheurs sur
« la rive de Kinross, s'occupent de votre délivrance;
« ils entretiennent des intelligences avec un vaisseau
« français qui croise dans les parages prochains. Tout
« est prêt. Si vous pouvez, pendant la nuit, traverser
« le jardin du château, et descendre sur le bord du lac,
« au moindre avis de Votre Majesté, transmis à la
« marchande française, une barque partira d'ici, guidée
« par d'habiles rameurs, et dignes de sauver leur Sou-
« veraine adorée. »

MELVILLE

Oh ciel!

LA REINE.

Hélas! je ne puis leur donner cet avis; j'exposerais
inutilement mes généreux défenseurs. Comment pour-
rais-je parvenir jusqu'au rivage? On ne me laisse pas,
même pendant le jour, franchir la porte du château; la
nuit, elle est encore plus soigneusement fermée. L'officier que le Régent m'a donné ne quitte pas la galerie
prochaine; c'est à vous, Melville, c'est à vous de sur-
monter tant de difficultés. Vous êtes le neveu de Lord
Douglas, vous avez quelqu'autorité dans le château, vous
en connaissez tous les détours! O Melville! que je puisse
arriver sur le bord du lac, et je suis sauvée! Vous voyez ma
confiance; je lis dans vos yeux que vous en êtes touché;
suivez la loi que vous impose votre cœur, et méritez
que votre nom soit mis un jour à côté de ceux de
Bruce et de Wallace!

MELVILLE.

Qu'ai-je entendu! Quoi! Madame, de braves Ecossais
veillent pour vous! et je ne suis point à leur tête?

LA REINE.

Ah! je reconnais Melville, et mon espérance n'
point trompée.

MELVILLE.

Je cours trouver vos amis, diriger leurs effor

guider leur prudence. Plus de retard, Madame; cette nuit, cette nuit même, il faut s'éloigner de cette île.

LA REINE.

Que dites-vous?

MELVILLE.

Donnez-moi ce billet pour me faire connaître à vos amis; de votre balcon, ayez, ce soir, les yeux fixés sur la rive opposée; je vais à l'instant m'y rendre, et, si tout est prêt pour votre délivrance, vous en serez avertie par des feux allumés sur les bords du lac, et, au même instant, la barque qui doit vous sauver, se dirigera vers ce château.

LA REINE, *fort troublée.*

Je ne puis vous comprendre! Oubliez-vous que la porte de ma prison?...

MELVILLE, *très - vivement.*

Je vous vois surprise; mon esprit vous paraît égaré; vous pensez encore à tous les obstacles qui vous retiennent dans cette enceinte? Jugez de mon bonheur en les faisant disparaître!

LA REINE.

Je suis tremblante!...

MELVILLE.

Vous le disiez tout-à-l'heure; je fus, en effet, élevé dans ce château, et je connais ici, dans cette salle, une secrette issue...

LA REINE.

Se pourrait-il!

MELVILLE, *courant au grand tableau, à gauche.*

Laissez-moi m'assurer si elle existe encore... (*En cherchant.*) Autrefois, un ressort bien caché!......

(*Le tableau glisse dans le lambris.*)

LA REINE.

Que vois-je!

MELVILLE.

Quel bonheur!

LA REINE.

Où conduit ce passage?

MELVILLE.

Dans une galerie souterraine qui se prolonge jusqu'au bord du lac.

LA REINE.

Près du port ?

MELVILLE.

Non, il aboutit à une grotte, dont l'ouverture est masquée par le rocher à pic que vous voyez de vos fenêtres.

LA REINE.

O Providence !

MELVILLE.

Notre barque sera à l'entrée de cette grotte.

LA REINE.

Vous nous y trouverez.

MELVILLE, *refermant le passage.*

Attendez les signaux... J'entends du bruit.

LA REINE.

Ah! ciel!

SCENE VII.

Les Mêmes, RANDAL.

RANDAL, *posant des bougies sur une table.*

Mylord, mon noble Seigneur et maître, le comte de Douglas, très-peu patient de sa nature, est déjà dans le bateau qui doit vous ramener.

MELVILLE.

Adieu, Madame ; songez à l'entretien que nous venons d'avoir. J'emporte l'espérance que le jour de demain sera, dans nos malheurs, un beau jour pour les vrais Écossais.

(*Il sort avec Randal.*)

SCENE VIII.

LA REINE, *seule un instant*, CLARY, LADY
FLÉMING.

TRIO.

LA REINE.

Dieu juste et protecteur
J'implore ta puissance !
Je sens battre mon cœur
De crainte et d'espérance.
(Elle appelle.)
Clary, Clary, chère Clary !

CLARY et LADY FLÉMING, *arrivant.*

Madame, nous voici.

LA REINE.

Sachez mon espérance !

CLARY et LADY FLÉMING.

Vous parlez d'espérance !

LA REINE, *faisant mouvoir le tableau.*

Voyez, jetez ici les yeux.

CLARY et LADY FLÉMING.

Ah! grands dieux! ah! grands dieux !

LA REINE.

Du silence ! du silence !

CLARY et LADY FLÉMING.

Du silence! du silence !

LA REINE.

De la prudence !

CLARY et LADY FLÉMING.

De la prudence !

LA REINE.

Ecoutez, calmez-vous.

CLARY et LADY FLÉMING.

Ecoutons, calmons-nous.

LA REINE.

Cette secrette issue...

CLARY et LADY FLÉMING.

Cette secrette issue?

LA REINE.

De Melville connue...

CLARY et LADY FLÉMING.

De Melville connue?

LA REINE.

Par un long souterrain...

CLARY et LADY FLEMING.

Par un long souterrain ?

LA REINE.

Par un étroit chemin...

CLARY et LADY FLEMING.

Par un étroit chemin ?

LA REINE.

Conduit jusqu'au rivage.

CLARY et LADY FLEMING.

O ciel ! achève ton ouvrage !

TOUTES TROIS.

Dieu juste et protecteur,
J'implore ta puissance !
Je sens battre mon cœur
De crainte et d'espérance.

LA REINE.

Du silence ! du silence !

CLARY et LADY FLEMING.

Du silence ! du silence !

LA REINE.

Ecoutez , calmez-vous.

CLARY et LADY FLEMING.

Ecoutons , calmons-nous.

LA REINE.

Par les soins de Melville...

CLARY et LADY FLEMING.

Par les soins de Melville !

LA REINE.

Sur le bord de cette île...

CLARY et LADY FLEMING.

Sur le bord de cette île ?

LA REINE.

Tout auprès du rocher...

CLARY et LADY FLEMING.

Tout auprès du rocher ?

LA REINE.

On viendra nous chercher.

CLARY et LADY FLEMING.

On viendra nous chercher !

LA REINE.

Nous fuirons ce rivage !

CLARY et LADY FLEMING.

O ciel ! achève ton ouvrage !

CLARY , *vivement , prenant un flambeau.*

Je veux voir ce souterrain.

(*Elle entre dans le souterrain.*)

LADY FLEMING , *à Clary.*

Reconnaissez bien le chemin.

LA REINE et LADY FLEMING, *sur la porte du souterrain.*
Dieu juste et protecteur,
J'implore ta puissance !
Je sens battre mon cœur
De crainte et d'espérance.

CLARY, *criant dans le souterrain.*
Oh ! ciel ! oh ! ciel !..

LA REINE et LADY FLEMING.

Quel est ce cri ?

(Appelant.)
Clary, Clary, chère Clary !..
La voici, la voici.
(Clary reparaît et referme le passage.)

LA REINE.
Quelle pâleur sur ton visage !

CLARY.
Armez-vous de courage !

LA REINE.
Compte sur mon courage...
D'où vient donc cet effroi ?

CLARY.
Hélas ! écoutez-moi.

LA REINE ET LADY FLEMING.
D'où vient donc cet effroi ?

CLARY.
A gagner le rivage...

LA REINE ET LADY FLEMING.
A gagner le rivage ?

CLARY.
Vous ne parviendrez pas.

LA REINE ET LADY FLEMING.
Nous ne parviendrons pas ?

CLARY.
Pour arrêter nos pas...

LA REINE ET LADY FLEMING.
Pour arrêter nos pas ?

CLARY.
On a muré le passage !

LA REINE ET LADY FLEMING.
On a muré le passage !
Ciel ! plus d'espoir, plus de courage !

En Trio.

Du sort quelle rigueur !
Je cède à ma souffrance.
O comble de malheur !
O trompeuse espérance !

La Reine rentre chez elle soutenue par lady Fléming. Clary
tombe immobile sur un fauteuil.

SCENE IX.

CLARY, *assise*, ROLAND, *entre doucement et s'arrête dans le fond.*

ROLAND, *à part.*

Ce soir, ce soir même, abandonner tout ce que j'aime!.. Approchons, ma bouche n'osera lui dire adieu, et son cœur est trop insensible pour deviner tout ce que souffre le mien.

CLARY, *accablée, se retournant.*

C'est vous, mon ami?

ROLAND, *à part.*

Quelle douceur dans sa voix!... Mais quelle tristesse dans tous ses traits! (*Haut.*) Vous êtes souffrante, Clary.

CLARY.

Ah! Roland, la reine est perdue!

ROLAMD.

Oh! ciel!

CLARY.

Dans peu de temps ses jours même seront menacés.

ROLAND.

Que dites-vous! on passera sur mon corps avant d'arriver jusqu'à Marie.

CLARY *se levant, et lui donnant sa main.*

O mon ami, que j'aime ce langage! je vois qu'il part du cœur. Je vous rends justice, moi; j'ai besoin de croire à votre honneur: et je serais bien plus malheureuse encore, si les sentimens de Roland n'étaient pas d'accord avec les miens.

ROLAND, *avec surprise et beaucoup d'émotion.*

Que ces paroles me font de bien! quelle douceur inconnue vient encore redoubler mon amour! C'est la première fois que vos yeux me peignent la tendresse; c'est la première fois que votre main tremblante s'abandonne dans la mienne. O que vos yeux mouillés de pleurs ont bien plus de puissance que votre sourire! Clary, par grâce, gardez encore cette physionomie douce et tendre;

prolongez pour moi ce moment de bonheur dont jusqu'à ce jour je n'eus jamais l'idée, et laissez-moi mourir à vos pieds du trouble délicieux dont mon âme est enivrée.

CLARY, *avec sensibilité.*

Ecoutez-moi, Roland. Votre jeunesse ne peut s'écouler dans ce triste château; je vous aime trop pour vous retenir près de moi. Le régent vous protège, allez lui confier votre destinée, et abandonnez la malheureuse Clary, qui par devoir et par amour, environnera la reine de ses soins et de ses consolations jusqu'au dernier soupir.

ROLAND.

Clary! voulez-vous me désespérer? Peut-il être pour moi une autre destinée que la vôtre! pourquoi voulez-vous seule être fidelle à notre Reine infortunée? Moi, vous quitter!.... mais que dis-je?... Oui, je vous dois un aveu pénible; ce matin, tout-à-l'heure encore, j'étais coupable envers vous, coupable envers la Reine. Désespéré par votre air indifférent, par la méfiance dont j'étais l'objet, j'allais partir, j'allais cette nuit même m'échapper de ces lieux...

CLARY.

Que dites-vous?

ROLAND.

Je voulais traverser le lac à la nage...

CLARY.

Roland!

ROLAND.

Oh! misérable! indigne que j'étais!

CLARY.

Mon ami!...

ROLAND.

Voyez-vous cette clef?

CLARY.

Eh bien?

ROLAND.

C'est celle du concierge.

CLARY.

Qu'entends-je!

ROLAND, *s'élançant vers le balcon.*

Quelle disparaisse au fond du lac.

CLARY, *lui arrachant la clef.*

Arrête! O mon dieu, je te remercie! Ah! Roland, quelle joie!... cette nuit même, des signaux sur l'autre rive... des amis de la Reine... une barque préparée!.... Ah! mon ami, plus de séparation, restons unis toute la vie; mêmes sentimens, mêmes vœux, même amour; je reçois votre foi, je vous donne la mienne!... Clary doit chérir jusqu'au tombeau le sauveur de la Reine.

Elle s'élance dans la chambre de la Reine.

SCENE X.

ROLAND, seul.

Que veut-elle dire?... quels sont ces projets dont elle parle?... Ciel! on vient!

SCENE XI.

ROLAND, LADY DOUGLAS, RANDAL, et des Valets portant des flambeaux.

LADY DOUGLAS, *aux valets.*

Disposez tout comme je l'ai ordonné. (*Les Valets illuminent l'appartement.*) (*à Roland.*) Vous, priez lady Marie de me recevoir.

Roland frappe à la porte de la Reine; Clary lui ouvre et le fait entrer.

SCENE XII.

LADY DOUGLAS, RANDAL.

RANDAL.

Vous voulez donc, mylady, que votre railleuse prisonnière jouisse de la fête?

LADY DOUGLAS.

Oui, Randal ; lord Melville est reparti satisfait de Marie-Stuart ; il m'a prié d'avoir pour elle quelques égards ; et d'ailleurs, je ne suis pas fâchée de rabaisser un peu son orgueil en lui faisant voir l'empressement de mes vassaux à m'offrir leurs vœux et leurs bouquets.

RANDAL.

Autrefois, à pareil jour, elle recevait aussi des flatteurs et des favoris. Tout est bien changé ; ainsi va le monde. (*à part.*) Je suis en pointe de gaîté, et je veux faire l'aimable auprès de miss Clary.

SCENE XIII.

Les Mêmes, LA REINE, LADY FLEMING, CLARY, ROLAND.

LA REINE , *bas à Roland sur la porte de sa chambre.*

Vous savez tout, et je compte sur vous. (*à lady Douglas.*) Qu'est-ce donc , ma gracieuse hôtesse ? qui peut à cette heure me valoir l'honneur et l'agrément de votre visite ?

LADY DOUGLAS.

Votre grâce n'a sans doute pas oublié que c'est aujourd'hui Ste.-Marie.

LA REINE.

Ma fête !.... je n'ai plus de courtisans pour m'y faire songer ; et les amis qui sont près de moi ont pensé que leur bouquet apporterait dans l'âme de la Reine des souvenirs de bonheur, douloureux pour Marie-Stuart.

CLARY , *lui baisant la main.*

Votre majesté nous rend justice.

LADY DOUGLAS.

Je m'appelle aussi Marie ; les habitans de cette île viennent tous les ans, à pareil jour, m'offrir leurs hommages, et témoigner par des danses et des chansons, le bonheur qu'ils goûtent sous la domination des Douglas ; je n'ai pas voulu jouir seule de ce joyeux tableau ; permettez leur de paraître devant vous.

LA REINE.

J'entends, milady ; je n'ai plus de sujets, vous avez des vassaux, et vous voulez que je sois témoin des honneurs qu'ils vous rendent. Je vous remercie ; je sais apprécier votre généreux procédé ; mais en ce moment il m'est difficile...

LADY DOUGLAS, à *Randal.*

Faites entrer, Randal.

LA REINE, *bas à Roland.*
Quel contre temps ! observez bien les signaux.

SCÈNE XIV.

Les Mêmes, Villageois et Villageoises.

FINAL.

CHOEUR.

Nous avons tous au rivage
Amarré notre bateau,
Pour venir, suivant l'usage,
Rire et danser au château.
LA REINE, *à Clary.*
Le plaisir est sur leur visage.
Que j'aime à voir des heureux !
LADY DOUGLAS, *à la Reine.*
Voyez comme ils sont heureux !
CLARY et ROLAND, *à part:*
Sur l'autre rive ayons les yeux.
CHOEUR, *offrant des fleurs à lady Douglas.*
Daignez recevoir notre hommage.
LADY DOUGLAS.
Avec plaisir je reçois votre hommage.
CHOEUR.
Nous avons tous au rivage
Amarré notre bateau,
Pour venir, suivant l'usage,
Rire et danser au château.
RANDAL.
Il faut chanter, danser et rire.

LADY DOUGLAS.

Oui , dans ce jour le plaisir est permis.

LA REINE.

A vos plaisirs , mes bons amis ,
Votre reine aime à sourire.

CHŒUR , *avec respect et surprise.*

La Reine ! la Reine ! la Reine !
Quoi ! voilà notre souveraine ?

ROLAND , CLARY et LADY FLEMING.

Approchez , approchez de votre Souveraine.

PLUSIEURS VILLAGEOIS , *le genou en terre , à la Reine.*

Recevez nos vœux et nos fleurs,
Noble modèle de courage ;
Ah ! pour adoucir vos douleurs,
Que ne pouvons-nous davantage !

LA REINE , *attendrie.*

Oui, je reçois vos vœux et votre hommage.
Que j'aime à voir des heureux !

CHOEUR

De vous voir nous sommes heureux !

LADY DOUGLAS , *à part.*

Comme ils sont respectueux !

RANDAL , *à part.*

Ce tableau blesse mes yeux !

CLARY et ROLAND , *à part.*

Sur l'autre rive ayons les yeux.

RANDAL.

Que chacun se mette en danse ;
Allons, divertissons-nous.

LADY DOUGLAS.

Oui , que la danse commence.

CHŒUR , *avec respect.*

Que dites-vous, que dites-vous ?
Danser devant la Reine !
Insulter à sa peine ?
Non , non , non , non , retirons-nous.

LA REINE.

Non , mes enfans, amusez-vous.
Je le veux et suis votre Reine.

LADY DOUGLAS et RANDAL , *à demi voix.*

Toujours des airs de Souveraine !

CHOEUR.

Il faut obéir à la Reine.

CLARY , ROLAND et LADY FLEMING , *à part.*

Observons la rive lointaine.

CLARY , *à Randal.*

Allons, beau seigneur Randal,
Chantez-nous donc votre ronde.

RANDAL.

En place , en place tout le monde.

CLARY , *le poussant.*

Mais non , vous la chantez trop mal.
C'est moi qui vais vous la dire.

CHOEUR.

Il faut chanter, danser et rire.

(*Ritournelle.*)

LA REINE , *bas à lady Fléming.*

On n'aperçoit aucun signal ?

LADY FLEMING , *à Roland.*

Aucun signal ?

ROLAND , *répondant.*

Point de signal.

CLARY.

RONDE.

Premier Couplet

A la fleur du bel âge,
Georgette, chaque jour,
Disait dans le village :
Jamais n'aurai d'amour.
Un soir , par imprudence,
Au son du chalumeau,
Elle suivit la danse
Des bergers du hameau...
Aih ! aih ! pauvre Georgette !
Le bal est un plaisir,
Eveillant le desir ,
Et l'amour en cachette
    Y guette
Une fillette.

(*Ritournelle , on danse.*)

On voit un feu dans le lointain par la grande porte ouverte du balcon.

ROLAND , *bas à lady Fléming.*

J'aperçois un signal.

LADY FLEMING , *bas à la Reine.*

Un signal !

LA REINE , *avec joie.*

Un signal !

RANDAL.

Ah! jarni, le joli bal !

Marie Stuart.   5

CLARY.

Deuxième Couplet.

Robert , du voisinage
Etait le beau danseur ;
Il la voit, il l'engage ;
Pour elle quel honneur !
De son bras il la serre
Sur son cœur doucement,
Et la jeune bergère
Trouva ce jeu charmant...
Aih ! aih ! pauvre Georgette !
Le bal est un plaisir,
Eveillant le desir,
Et l'amour en cachette
    Y guette
  Une fillette.

(*Ritournelle.*)

ROLAND , *à lady Fléming.*

Je vois un nouveau signal.

LADY FLEMING , *à la Reine.*

Nouveau signal !

LA REINE , *avec joie.*

      Nouveau signal !

RANDAL.

Ah ! jarni, le joli bal !

CLARY.

Troisième Couplet.

Tout en faisant la chaîne
Robert prit un baiser,
Et puis sous le grand chêne
On s'en alla jaser.
La nuit vient : comment faire ?
Robert offre son bras ;
Et depuis la bergère
Soupire et dit tout bas :
Aih ! aih ! pauvre Georgette !
Le bal est un plaisir,
Eveillant le desir,
Et l'amour en cachette
    Y guette
  Une fillette.

ROLAND , *bas à lady Fléming.*

Encor nouveau signal.

LADY FLEMING, *à la Reine.*

Encor nouveau signal !

LA REINE, *à part.*

Ah ! terminons ce bal !

RANDAL.

Jarni, le joli bal !

CLARY.

Oh ! je suis lasse, je suis lasse !

CHOEUR, *regardant par la porte du balcon.*

Là bas qu'est-ce donc qui se passe ?

LADY DOUGLAS.

Quelle clarté sur les eaux !

LA REINE, CLARY, ROLAND ET LADY FLEMING, *à part.*

Ils aperçoivent les signaux !

RANDAL.

Eh ! vraiment c'est quelque Marie
Qu'on fête là-bas, je parie.

CHOEUR.

Assurément, assurément.
Oh ! c'est un coup-d'œil charmant !
Chantons tous de compagnie :
Vive Marie ! Vive Marie !

LADY DOUGLAS, *à part.*

En criant : Vive Marie !
Ils regardent, je voi,
La Reine bien plus que moi.

(Aux Villageois.)

Dans les jardins, suivant l'usage,
J'ai fait préparer un repas ;
Mais songez qu'on doit être sage
Dans le château de Douglas.

LA REINE.

Adieu, mes bons amis, aimez toujours Marie !

CHOEUR, *saluant Marie.*

Notre cri, toute la vie,
Sera, sera : Vive Marie !

LE RIDEAU SE BAISSE.

FIN DU SECOND ACTE.

ACTE TROISIÈME.

Le Théâtre représente le bord du lac, sous le balcon de la tour qui est un peu de côté. A la suite, du même côté, la porte et les bâtimens du château. Le lac est bordé de rochers, excepté à un seul endroit étroit, par lequel une barque peut aborder. De l'autre côté du château et de la tour, une cahute habitée par Randal; puis des arbres. Il est censé que le côté opposé au château est la partie de l'isle habitée par les vassaux de Douglas. Il fait nuit.

SCENE PREMIÈRE.

RANDAL, Villageois et Villageoises.

Quelques lanternes sont suspendues à des arbres. On boit près d'une table de jardin. Clary et Roland, paraissent de temps en temps au balcon de la Reine.

CHŒUR.

Amis, comme la nuit est belle!
Buvons encor, rions, chantons.
La gaîté se renouvelle
Avec le vin et les chansons.

CLARY, *sur le balcon.*

Hélas! hélas! le temps s'avance.
Comment sortir en leur présence?

CHOEUR DE PAYSANS.

A nos santés! buvons, buvons.

LES FEMMES.

De la gaîté! rions, chantons.

UNE FEMME.

Mais voilà la tour de la Reine.
Il faut respecter son sommeil.

RANDAL, *buvant et trébuchant.*

Ah! vraiment, c'est bien la peine
D'avoir un scrupule pareil.

CLARY, *sur le balcon.*

Monsieur Randal veut-il se taire?

RANDAL.

Ah! vous voilà, beauté si fière?

CLARY, *aux Paysans.*

Amis, écoutez ma prière.
La Reine ne peut s'endormir;
Allez plus loin vous réjouir.

(*Elle disparaît du balcon.*)

CHŒUR.

Allons plus loin nous réjouir.

(*Ils s'en vont en reprenant:*)

Amis, comme la nuit est belle!
Chantons encor, buvons, dansons.
La gaîté se renouvelle
Avec le vin et les chansons.

SCENE II.

RANDAL, *seul tombant sur un banc.*

Hola! Hé! un moment donc... Voilà que je suis sans
compagnie! Oui, sans compagnie, car ils ont emporté
les verres et les flacons. Tout ça est parti sans me souhai-
ter le bon soir. C'est de la canaille. (*Il se lève.*) Je vais
me coucher. Heureusement que je loge dans cette cahute,
hors du château, et que ma porte est de plein pied... oh!
je suis dans un joli état... Eh ben, j'aime ça, moi. Vive le
vin, vive l'amour, vive Randal, vive tout le monde!

Il entre dans sa cahutte.

SCENE III.

ROLAND, *qui a ouvert la grande porte des bâtimens
du château.*

Il est parti et va s'endormir profondément. Allons
près du rocher à la découverte de la barque.... J'entends
marcher.

SCENE IV.

ROLAND, MELVILLE.

MELVILLE, *par le côté où les paysans sont sortis.*

Je vois encore de la lumière dans la tour. Je frémis de ce retard.

ROLAND.

C'est lord Melville.

MELVILLE, *la main sur son épée.*

Qui parle près de moi ?

ROLAND.

Silence ! au nom du ciel, reconnaissez un fidèle serviteur de la Reine... Le souterrain est muré.

MELVILLE.

Tout est perdu !

ROLAND.

Non, mylord, la Reine va sortir du château ; elle me suit.

MELVILLE.

Est-il possible ?

ROLAND.

Et votre barque ?

MELVILLE.

A l'endroit convenu. N'y trouvant pas la Reine je suis venu à la découverte, mais, hélas !

SCENE V.

Les Mêmes, LA REINE, CLARY, LADY FLEMING.

LA REINE, *à voix basse.*

Roland ?

ROLAND, *à Melville.*

Voici la Reine. (*Il referme à clef la porte du château.*)

MELVILLE.

Ah! madame, vous voilà enfin hors du château ;
mais que je crains un nouvel obstacle !

LA REINE.

Quoi, mylord ! vos amis et les miens...

MELVILLE.

Ils nous attendent, mais comment aller les retrouver ?
Le chemin qui conduit au rocher est rempli de paysans
qui se réjouissent ; ce n'est qu'en me traînant sur le
bord de précipices impraticables pour vous et votre
suite, que j'ai pu les éviter.

LADY FLÉMING.

Qu'allons-nous devenir ?

ROLAND, *vivement.*

Mylord, ne quittez point la Reine ; je vais prendre
le même chemin que vous et faire avancer la barque
jusqu'ici.

CLARY.

Ah ! Roland, que je vous aime !

MELVILLE.

Bon jeune homme! partez. Le mot d'ordre est Sainte-
Marie.

ROLAND.

Il ne peut pas sortir de ma mémoire ; il est gravé
dans mon cœur !   (*Il s'éloigne.*)

SCENE VI.

Les Mêmes, *hors* **ROLAND.**

QUATUOR à voix basse.

Céleste justice,
Seule protectrice
Des Rois malheureux,
Dans la nuit profonde
Dirige et seconde
Nos pas et nos vœux !

MELVILLE ET LA REINE.

Sans toi, la puissance,
Sans toi, la vaillance
Sont d'un vain secours.

CLARY ET LADY FLÉMING.

Par toi, l'innocence,
Faible et sans défense,
Triomphe toujours.

ENSEMBLE.

Céleste justice,
Seule protectrice
Des Rois malheureux,
Dans la nuit profonde
Dirige et seconde
Nos pas et nos vœux.

Ici on entend sur le lac une voix forte qui appelle :
Randal !..

MELVILLE.

Ciel ! quelle voix !
Lord Douglas paraît sur le lac dans une barque.

LA REINE.

J'entends un bruit de rames.

DOUGLAS , *débarquant.*

Randal !

MELVILLE.

C'est Douglas !.. Tenons-nous à l'écart, madame.
Ils se retirent derrière des arbres.

SCENE VII.

Les Mêmes, DOUGLAS, RANDAL , *quatre hommes qui ont conduit la barque et qui, après l'avoir attachée au rivage avec une corde, suivent Douglas en scène.*

DOUGLAS , *à Randal qui arrive.*

Tu dormiras donc toujours ?

RANDAL.

J'allumais ma lanterne , mylord, et puis je ne m'attendais guère à cette heure...

DOUGLAS.

Qu'on se dépêche d'éveiller lady Douglas qui, à son tour, ira sur-le-champ signifier à la prisonnière un ordre du Régent pour me suivre à l'instant même à Édimbourg.

RANDAL.

La Reine ?

DOUGLAS.

Sans doute.

RANDAL.

Mais à cette heure, vous seul, mylord, pouvez entrer chez lady Douglas.

DOUGLAS.

Que de cérémonie !.. marche devant nous. (*aux quatre hommes.*) Suivez-moi. (*Ils entrent au château.*)

SCENE VIII.

LA REINE, MELVILLE, CLARY, LADY FLEMING.

MELVILLE, *très-vivement.*

La Providence nous seconde. Suivez-moi, madame, prenons cette barque...

CLARY.

Ciel ! et Roland ?..

MELVILLE.

Il saura bien nous rejoindre.

LA REINE.

Partir sans lui ! exposer la vie d'un sujet si fidèle !... je n'y puis consentir.

MELVILLE.

Il s'agit de sauver votre Majesté... Madame, il n'y a pas un moment à perdre. Au nom du ciel, venez !

LA REINE.

Cela m'est impossible.

MELVILLE.

Il le faut... Mais quel est ce bruit?..

SCENE IX.

Tous les PERSONNAGES, *successivement.*

FINAL.

DEUX PAYSANS, *dans la coulisse.*

Quel est cet inconnu !
Dans l'ombre il nous évite.

ROLAND, *l'épée à la main, courant à Melville.*

On va nous découvrir, on est à ma poursuite.

MELVILLE.

Oh ! ciel ! oh ! ciel ! tout est perdu.

LES PAYSANS, *poursuivant Roland.*

Pourquoi te caches-tu ?
Et pourquoi fuir notre présence ?
Quel est ton nom, réponds.

LA REINE, *avec force et s'avançant.*

Roland.

CLARY, LADY FLÉMING ET MELVILLE.

Ah ! Madame ! quelle imprudence !

LES PAYSANS.

Qui nous répond si fièrement ?

LA REINE.

Moi, votre Reine et votre amie.

LES PAYSANS.

La Reine ! oh ciel ! pardonnez-nous.
Vous savez notre amour pour vous.

(*Ici on entend la cloche du château qui sonne l'alarme.*

TOUS, *hors la Reine et les Paysans.*

Oh ciel ! c'en est fait de Marie !

LA REINE, *très-fort aux Paysans.*

Amis, si, j'ai lu dans vos cœurs !
Rien n'est perdu, venez me servir de rameurs.

LES PAYSANS, *sautant dans la barque.*

Tout est à vous et nos bras et nos cœurs.

La barque s'éloigne. Chœur de paysans qui arrivent au son de la cloche; Randal qui sort du château. Le balcon de la tour de la Reine se remplit : de Douglas, de lady Douglas, de valets avec des flambeaux. Tableau général, pendant lequel on chante ensemble.

DOUGLAS, LADY DOUGLAS, RANDAL ET VALETS.

O perfidie !
O trahison !
Elle est sortie
De sa prison !
O perfidie !
O trahison !

LA REINE, *et sa suite dispa-*
raissant avec la barque.

Ah! pour Marie
Plus de prison !
Elle défie
La trahison.
Ah ! pour Marie
Plus de prison !

CHOEUR *de paysans sur le*
rivage, à genoux.

Ah ! pour Marie
Plus de prison !
Sauve sa vie
Dieu juste et bon.
Ah! pour Marie
Plus de prison !

LE RIDEAU SE BAISSE.

FIN.

215